붉은닭이 내려오다

나남출판

나남포에지 · 003

붉은닭이 내려오다

전영주

NANAM
나남출판

自序

> 망루에 올라갔던 선선의 병사가 돌아왔다. 모래먼지 때
> 문에 천지가 어두워졌고 시계는 0에 가깝다고 보고했
> 다. 지휘관이 몸소 망루에 올라갔지만, 병사가 말했듯
> 이 성 바깥에는 아무 것도 보이지 않았다. 밤의 장막을
> 내린 것처럼 컴컴하게 어두워진 천지 속에서 바람이 무
> 섭게 으르렁댔으며 그 무시무시한 바람소리 속에서 또
> 다른 소리가 들려왔다. 그것은 낮에 젊은이가 좀더 참
> 고 앞으로 나아갔더라면 아마 자기 눈으로 볼 수 있었을
> 루푸호수의 노한 파도소리였다.
>
> ― 소설 〈누란〉 중에서

　루푸 호수는 호수로 흘러 내려오는 타림강 토사의 퇴적과 바람
의 작용에 의해 물길이 변함에 따라 일천 오백 년을 주기로 북에
서 남으로, 남에서 북으로 이동한다고 한다. 누란이라는 나라를
존재하게 하였고 누란을 지켰고 또 누란과 함께 사라진 호수. 어
떤 사람은 이 호수를 '방황하는 호수'라고 명명하였다. 루푸 호수
는 지금 누란의 옛 땅으로 돌아가고 있다.

　누란.

양관 옥문관을 지나 서쪽으로 가면 타클라마칸 사막이 펼쳐지고 사막의 초입에 누란이 있다. 모래에 파묻혀 사라진 조그만, 아주 조그만 나라. 유적이라고는 모래에 파묻혀서 문드러져 보이는 불탑과 봉화대 뿐. 누란(樓蘭)이라는 이름 외엔 거의 아무 것도 없다. 바다처럼 넓고 푸르렀다는 루푸 호수도 없다.

천 오백년간 호수는 어디 가 있었을까. 이상해라. 그 '어디'를 찾으려면 인간의 시간으로 한 천 오백 년쯤 걸리는 것은 아닐까. 미라의 쭈글쭈글한 얼굴가죽 같은 서역지도를 들여다보면서 생각해 본다.

불꽃에 불씨가 있듯 물에 씨앗이 있는 것은 아닐까. 마지막 代의 누란인들이 손바닥마다 꼭꼭 박아 쥐고 있었을 루푸 호수의 푸르고 투명한 씨앗. 그 씨앗 속으로 눈 깜짝할 사이에 천 오백 년이 흘러 들어가 단단하게 여물어 버린 것은 아닐까.

존재를 씨앗으로 삼아 시간은 넉넉한 호수처럼 거기 머문다. 내가 시를 쓰는 것이 아니라 내게 머문 시간이 시를 쓰는 것이며 내가 누군가를 사랑하는 것이 아니라 내게 머문 시간이 그를 사랑하는 것이고 그의 시간을 사랑하는 것이 된다.

Carpe diem, 시간을 잡아라!

잡다니, 말도 안 된다. 나는 시간이다.

나는 시간이다. 옛 누란으로 돌아가고자 하는 시간이며 루푸호수의 노한 '현재의' 파도소리를 듣는 시간이다. 셀 수 없이 많은 다른 시간들과 교차하고 엇갈리고 엉키고 풀어지면서, 그러면서 신기하게도 상처 하나, 흠집 하나, 매듭 하나 없다. 나는 시간이므로, 나는 상처받지 않은 것이다.

　내가 상처받았다고 생각했던 어떤 지점에 루푸 호수가 있었던가. 아니면 상처에서 또 다른 상처로 계속 이어지는 생각의 그 끝에까지 갔다가 아무 생각 없이 루푸 호수는 다시 돌아오고 있는 것인가.

　樓蘭이라는 아름다운 이름의 난초가 있다. 그 난초는 모래바람 맨 꼭대기에서 푸른 잎을 내밀고 잠든 진영을 몰래 빠져나가 루푸 호수를 향해 달려가는 병사의 귀 속에 꽃을 피운다. 어디서나 몰래 빠져나가는 병사는 있는 법이다. 병사 하나를 빼내기 위해 누란은 밤사이 무서운 모래바람으로 지형을 바꾼다. 그리고 그 바뀐 지형 속에 내가 병사처럼 어리둥절 서 있는 몽상을, 부드럽고 투명한 우무질로 감싸고 있는 시간이 있는 것이다.

전영주 시집

붉은닭이 내려오다

차례

붉은 닭이 내려오다

붉은닭이 내려오다

밤 2시에서 3시 사이
천장이 울리다. 천장에 매달린 전등이 흔들리다.
천장 한 쪽이 기울어지다.
장미꽃 사방연속 무늬가 한 구석으로 쏠리다.
여자가 장미덤불 속으로 뛰어들다. 장미덤불 속에서
장미 꽃잎과 함께 짓이겨지다. 으깨어지다.
밤 2시에서 3시 사이
위층과 아래층 사이
입 틀어막은 비명이 고층아파트 한 동을 흔들다.
침묵의 묵계가 고이다. 고여 썩기 시작하는 핏물 위에
푸른 장미들 떠 가다. 여자의 살갗 위에 푸른 장미
사방연속으로 피어나다.

입 틀어막고 눈을 뜨다. 천장이 움직이다.

장미 넝쿨로 목 졸린 붉은닭이 내려오다. 얼굴 가까이까지
흔들흔들 내려오다. 축 늘어진 닭의 발톱이
내 눈알을 뽑아버리다.
밤 2시에서 3시 사이
붉은닭의 가랑이를 찢다.

붉은닭을 팔다

사내가 앞치마를 두르다. 통도마 위에 냉동닭이 놓이다.
단숨에 내려찍는 칼에 여섯 토막으로 아침이 갈라지다.
사내의 아내가 다시 하혈을 시작하다. 뭉클뭉클 뜨거운
기름이 끓어오르다. 양념치킨집의 영업이 시작되다.
기름의 온도가 상승하다. 하혈하는 방의 온도가 상승하다.
사내가 아내를 벗겨 냉동실에 처박다. 담배를 한 대 피우다.
일주일 전에 처박았던 아내를 꺼내다. 단숨에 여섯 토막나다.
삼일 전에 처박았던 아내를 꺼내다. 이틀 전에 처박았던
아내를 꺼내다. 기름솥이 육중한 몸체를 흔들며 끓다.
토막들을 망으로 건져내다. 하혈 같은 붉은 양념소스를 끼얹다.
붉은닭이 포장되다. 날개 돋치기도 전에 다 팔려버리다.
가게 문을 닫다. 안쪽에서 철제셔터를 내리다.
한달 전에 처박았던 아내를 냉동실에서 꺼내다.
요를 깔고 눕히다. 혁대를 풀고 바지를 내리다.

십자가를 보다

산꼭대기에서 붉은닭이 뛰어내리다.
63빌딩에서 붉은닭이 점프하다.
달리는 자동차 위에 붉은닭이 착지하다.
붉은닭이 솟아오르다. 태양처럼
지붕마다 떠오르다.
손톱을 물어뜯던 아이들이
손가락을 아작아작 씹기 시작하다.
붉은닭이 지붕을 쪼고
무덤마다 구멍이 뚫리다.
하늘에서 붉은 달걀들이 쏟아져 내리다.
달걀이 깨지면서 붉은
쥐들이 태어나다.
이마가 깨지면서 모든 것이 태어나다.
쌍코피를 흘리면서

꼬리가 긴 붉은 쥐들이 길바닥에 흐르다.

무덤에서 요람까지

種의 변이가 흐르다.

죽음의 변이가 흐르다.

십자가 위에서 변압기 코드를 문 붉은닭이 날아오르다.

붉은닭과 싸우다

천둥번개가 치다.
나무에 불이 붙다.
나무의 흉터에 불이 붙다.
흉터에 살던 붉은닭이 뛰쳐나오다.
벼락이 치다. 나무들이 팔뚝의 힘을 풀고
오랜 치매를 시작하다.

냉장고를 열다. 붉은닭이 목을 내밀다.
술병을 따다. 붉은닭이 쏟아지다.
서랍을 열다. 붉은닭이 서랍을 열다.
서랍 속에서 다시
서랍이 열리다. 서랍을 여는 손목에
붉은 볏이 돋다. 서랍 속에서
푸른 바다가 열리다.

20

볏을 끊은 면도날들과
동맥을 끊은 면도날들이
물결 위에서 눈부시게 싸우다.
내 대신 누군가가 성호를 긋다.
붉은닭의 이름으로
붉은닭과 싸우다.

붉은닭을 죽이다

쾅. 닫힌 문에 붉은닭이 끼이다. 모가지가 부풀어오르다. 붉은 닭의 손목이 제 목을 조르기 시작하다. 시동을 걸고 액셀을 밟다. 붉은닭이 고개를 빼고 백미러를 보다. 붉은 깃털들이 뒤창으로 흩날리다. 죽음의 속도계가 어른거리다. 헬멧을 쓰다. 두개골 사이에서 쇳소리를 내며 톱니바퀴가 돌아가다. 붉은닭의 손목이 톱날에 짤리다. 떨어진 제 손목을 내려다보는 붉은닭을 다시 한 번 쾅, 닫아버리다. 붉은 볏이 붉은 닭대가리에서 튀어나오다. 내 정수리에 붉은 톱날이 박히다. 서서히 돌기 시작하다.

붉은닭과 닭

불을 지르고 달려가다. 광견이 불을 뒤쫓아 달리다. 광녀가
두 팔을 휘저으며 뒤쫓아가다. 광녀의 우물이 쓰러지다.
펄펄 끓는 우물물이 쏟아지다.

        빠진 두레박이 쏟아지다. 두레박 속의
        해골들이 쏟아지다. 배를 움켜쥐고 대굴
        대굴 구르면서 지하가 지상으로 쏟아져
        흐르다.

붉은닭을 처형하기로 하다.
홰나무 가지에 붉은닭의 목을 달다.
천둥소리를 내며 번개가 부러지다.
다시.
홰나무에 불을 지르고
홰나무가 달려가다.

붉은닭을 매장하다

붉은닭을
잡아먹은
여자가

골목에서 걸어나오다. 발이 푹푹 빠지는 길이
밤하늘에서 내려오다. 마술에 걸린 기억들이
줄줄이 길 위에 오르다.

에스컬레이터에서 허벅지가 빠지다.
몸통이 빠지다. 두 팔이 몸통을 잡으려다
역시 빠져버리다. 머리 위로 에스콰이어가 지나가다.
랜드로바와 나이키가 나란히 지나가다.
여자의 방에서 누군가 피아노를 치다. 길 모퉁이에서
몸집 큰 사내가 두더지 게임을 하다. 흙 속에서 여자의 정맥이 터지다. 실핏줄이 터지다. 붉은 피톨들이 터지다.
시계가 걸린 모든 벽에서 피가 흐르다.
소름 돋은 피가 담장을 타고 올라오다.
자목련이 피어오르다.
피젖은 손목으로
지나가는 만월을 떼어내다.

붉은닭을 가두다

버림을 받다. 복사꽃 살구꽃이 피기 시작하다.
씨팔, 차를 바꾸다.
침대에 엎드려 원격시동을 걸다.
갑자기 도난경보가 울리다. 붉은닭이 도망가다.
경보음의 파장이 붉은닭을 따라가다.

빠져죽은 여자들이 수면 위로 머리를 내밀다. 퉁퉁 불은
여자의 아기들이 한꺼번에 울기 시작하다.
여자들이 머리를 쥐어뜯다. 귀를 쥐어뜯다. 아기들을
쥐어뜯다. 불에 달군 벌건 인두를 들고 여자들의
엄마들이 물 속으로 걸어 들어가다.

고막이 터지다. 터진 고막을 뜯어내다.
반 고호의 고막도 뜯어내다.

붉은닭이 모여들다. 구구구구
붉은닭을 가두다.
붉은닭을 찾는 전화가 걸려오다. 고막 뽑듯
코드를 뽑아버리다.
한 달 내내 경보음이 울리고 두 달 내내 잠을 자다.
잠든 여자의 귀에 뱀처럼 기어 온 코드가 꽂히다.
먼 곳에서 꽃이 지는 소리가 들려오다.

기 도

붉은닭을 들어올리다. 깔고 앉았던 바닥이 들러붙어 올라오다.
에미가 식칼을 들고 뛰어나오다. 에미의 엉덩이와 딸의 엉덩이가
달라붙다. 끈끈한 비가 내리다. 나무에 가지가 달라붙다. 가지에
이파리 달라붙다. 한숨을 나누어 쉬다. 담배를 나누어 피우다. 붉
은닭을 반으로 갈라 죽을 때까지 먹고 살다.

애비의 무덤에 불이 붙다.
불타는 해골이 튀어나오다.
에미가 해골의 왼뺨을 치다.
딸이 오른뺨을 치다.
해골의 이빨들이 밤하늘에 흩어지다.
무덤 속의 방언이 흘러넘치다.
하늘에 계신 우리 아버지…

맨드라미

　손목에서 맨드라미가 돋아나오다. 맨드라미 배를 찢고, 아는 얼굴들 하나 하나 머리에 볏을 달고 나타나다. 아는 주인공의 잠옷 하나씩 걸치고, 아는 주인공의 모국어로, 뭐라고 뭐라고 내게 말을 걸면서. 맨드라미 주먹만한 맨드라미, 벙어리 장갑 끼고 눈사람 만들어 놓았던 그 자리에. 손목을 찍어낸 그 자리에. 맨드라미, 장갑 벗겨진 손. 손가락이 몽땅 붙어버린 손. 피에 쩔어 상하지도 않는. 주인공을 죽이고 매장하고 꺼내서 다시 죽이고, 벗기고, 정장 입혀서 내보내고 나서, 모르는 얼굴들. 얼굴에서 떨어질 줄 모르는 천 개의 눈알 앞에서, 가랭이 벌리는.

붉은닭을 뒤집다

쥐구멍에 머리를 박다. 쥐뜯어먹힌 전 생애가 우라까이 되다. 먼지를 털며 솔기들이 일어서다. 붉은 머리카락, 붉은 눈썹, 붉은 음모, 붉은 젖꼭지, 붉은 손이 붉은 벽돌을 파고 들어가다. 몇 마리의 쥐새끼가 손에 잡히다. 주물려 터져 죽은 쥐들이 주머니 속에서 굴러다니다. 옷장 속의 모든 주머니 속에서 쥐뜯어먹힌 손이 굴러다니다. 붉은 손이 동양여자의 심장을 꺼내다. 쥐구멍이 또 하나 생기다. 쥐구멍을 뒤집다. 그녀의 DNA를 까뒤집다. 쥐구멍에 머리를 처박은 게오르그 바겔리츠, 붉은닭의 꽁무니 속으로 팔을 쑥 집어넣다.

力道

지금. 막. 알을 낳으려고 하는 붉은닭을
들어올리다.

뱀이 공룡의 알을 통째로 삼키다.

가장 우묵한 상처에
금간 데 없는 고요한 알이 떨어지다.

도 살

목을 따고 한양동이 피를 받다. 가죽을 벗기다. 여자가 가죽을 들고 가 수돗가에서 씻다. 남자가 벌건 몸통을 들고 가 트럭에 던지다. 트럭 화물칸에서 김이 솟아오르다. 개가죽이 줄에 널리다. 스물 둘, 여자가 소리치다. 핏물이 뚝 뚝 떨어지다. 조용해지다.

트럭이 떠나다. 떠나는 트럭의 붉은 미등을 개가죽 스물 두 개가 바라보다. 가죽 벗긴 개의 불그스름한 몸통 스물 두 개가 소리없이 골목 골목을 걸어다니다. 개가죽 아래 붉은 고드름이 길게 매달리다.

밤사이
트럭이 돌아오지 않다.
퉁퉁 부은 여자가 걸어나오다.
개 좆 같은 새끼.
여자가 붉은 고드름을 뚝 뚝 분지르다.

상처에 발톱을 박다

미친개는 있어도 미친 고양이는 없다. 고양이는 모두 차분하고 안정된 정서를 보유하고 있다. 고양이 눈에 미친 봄의 불길이 흐르는 건 나비 때문이다. 고양이 눈 속에선 나비 고치가 터지고 있기 때문이다. 갈라터지는 고치의 결에서 푸른 바다 물결로 나비들은 날아간다. 고양이 눈 속에서 갈라터지는 바다를 본 개새끼들은 그 순간부터 미쳐버리는 거다. 고치였던 바다. 처음에 떡갈나무 가지 끝에 목 매달았던 바다. 미친개에게 물린 여자의 허벅지에서 새끼를 잡아먹은 고양이의 입이 튀어나오다. 상처에 발톱을 박고 날아오르는 나비떼. 양귀비꽃 가뜩가뜩 피어오르는 해협을 건너다.

팬티형 종이기저귀

아버지, 영원히 변소와 이별하다. 똥 같은 설명을 늘어 놓으려다 그냥 똥을 싸 뭉개다.

귀구멍에서 파낸 목구멍으로 쥐구멍을 삼키다.

몸에서 가장 먼 그 지점까지를, 완벽하게 구사하다.

냄새를 풍기면서 도통해버린 자지. 아버지 소속의 몽당연필.

모든 변소의 갖가지 낙서를 골똘하게 복원해 내다.

침묵의 세월이 도래하다. 문신의 세계가 펼쳐지다.

아버지. 자지를 쥐고 결국, '자지'라고 쓰다. 영원히 그것을 독점하기로 하다.

얼음공주 퍼포먼스

　얼음공주, 얼음에 채운 깡맥주를 마시고, 말고기를 씹다가 닭고기가 생각나서 닭 잡는 동안 남자 생각 나서, 싱싱한 사랑, 해골바가지 속에 쪼그리고 앉아 굴러가는 우랄 산맥에 말뚝 하나 콱 꽂고, 살 속에 기어드는 알타이 뱀, 새끼에 새끼 줄줄이 나오는 족족 잡아먹고 나서

　빙산을 허문다. 빙산 속의 푸른 산의 마지막 뱀을, 뻘겋게 언 손으로 꺼낸다. 두 손으로 잡고 서서 부르르, 냉한 감전을 지킨다. 고독해서, 허리가 끊어질 것만 같아서,

　유리를 깬다. 말대가리 같은 죽음, 오래도 살아, 왝. 왝. 헛구역질 하면서, 뜨거운 블랙 커피 한 잔 들고 월 풀 냉장고 속으로
　入.

붉은닭을 때리다

자, 내게 거짓말을 해 봐.
곡괭이 자루를 들고 장정일이 나타나다.
변기 위에 엎드려 매를 맞다.
만득이 귀신이 오십 번 나타나다.
변기물을 오십 번 내리다.
밸브가 고장나고,
만득이 귀신이 흘러 넘치다.
자, 내게 거짓말을 해 봐.
만득이 똥을 뒤집어쓰고 붉은닭이 거짓말을 시작하다.
썰렁하게, 더 썰렁하게!

카스파르 다비드 프리드리히
1818년의 고독한, 싸아한, 뒷모습의 남자를
우주의 뒷간으로 발사하다.

똥꼬에 커다란 로켓불꽃이 달리다.
야, 굉장한 똥꼬다아.
만득이와 장정일의 입이 딱 벌어지다.

요셉 보이스의 모자

요셉 보이스의 붉은닭은 힘이 쎘다.
그가 죽자
백남준은 그의 모자를 갖게 되었다.
거울 앞에 선 백남준이
모자를 머리에 올려놓는 순간,
힘 쎈 붉은닭은 모자뚜껑을 뚫고
화산처럼 솟아올랐다.

그 깜짝 놀란 모자를
깜짝 놀란 백남준이 시멘트로 떴다.

힘 쎈 붉은닭이 어디로 갔을까?

카메라를 들이대면

백남준은

바지 멜빵 끈을 얼른 늘어뜨리고

부러 바보 같은 표정을 연출한다고,

붉은닭을 완성하다

천수관음의 손은
구백 구십 구 개

모자라는 한 개의 손에
나는 매달린다.

수음하는 한 개의 손이
관음하는 천수관음의 눈알을
후벼내고 있다.

아으으 —
척추를 께며 돋아나오는
일만 개의 자비로운 손가락이여.

生

비명소리에
일생일대의 수치가 죽다.

여자의 가랑이 사이에서
중량 3kg의 피범벅이 밀려나오다.

3키로 짜리 토종이예요.
백숙이요? 도리탕이요?

흰 가운의 정육점 남자가
생닭의 두 다리를 잡아올리다.

축하합니다.
공주예요.

도리탕이요.

배 꼽

신비하여라 배꼽.
뭔가, 아주 중요한 것이
함몰된 자리.

붉은닭은
그것이 알고 싶다.
머리 디밀고 비집으며 쑤시고 들어가
음성변조된, 그 뒤통수를
확 돌려버려?

외계인이 지구인을 납치해다가
진지하게 해부할 때,
제일 먼저 칼을 들이대는 곳.

내게 만약 배꼽이 없다면?

죽고 싶도록 슬퍼질 것 같다. 진짜.

알 파치노

상처만 주는 남자.

붉은닭과 싸운 흔적이
얼굴 전체에 역력한,

붉은닭에게 패한 흔적이
더 역력한,

그래도 아직 불안한 붉은닭이
24시간
두 뺨에서 어른거리는,

그 남자.
핸드백에 권총을 넣고 다니며 만났던

그
개새끼.

엘니뇨

수음할 때 넌 무슨 상상을 하니?

…강간. 너는?

…수간.

아버지.
제게 커다란 배꼽을 주셔서 감사합니다.
저는 요즘 배꼽 속에 머리를 쑥 집어넣고 잠을 잡니다.

무덤 속은 배꼽 속과 어떻게 다른가요.
아버지 가시고 나서
우리 집은 참 편안합니다.
어머니는

살던 중에 요즘이 제일 좋다

하고 말씀하십니다.

저요?

대부의 마론브란도를 서서히 잊어가는 중입니다.

가끔 두통이 있습니다.

배꼽 속에 머리를 디밀고 디밀다보면 에구구

아버지 딱딱한 해골하구 박치기하는 통에.

매 혹

붉은닭이 왜 길을 건넜는가.

길 건너편에
켄터키 후라이드 치킨 하우스
문 앞에 미소짓고 서 있는
점잖고 우아하고 돈도 많이 있어뵈는
하얀 할아버지 때문에.
아버지의 유령 때문에.

전국의 요지에서 지금
아버지 유령은 돈을 벌고 있다.

내 원피스 사줄려고.
엄마 목걸이 사줄려고.

내가 이혼하면
원룸 아파트 하나 사 주시려고.

애꾸가 온다

하늘은 지금 애꾸.
배꼽에서 쑤욱 솟아오른 해바라기 때문이다.

검은 안대 속엔
예쁜 국자 하나. 공장에서 갓 태어난
북두칠성.

해바라기 이빨이 몽땅 썩어서
틀니 하나 훔쳤다.
주머니 속의 내 새끼손가락
지그시 물고 미소하는 중.

애꾸가 울면
손가락을 모두 물어뜯을 거다.

분홍색 말랑말랑한 잇몸에서
벌써 고름이 흘러나온다.
애꾸가 그리운 날엔
국자가 엎어지고
금빛 은빛 잔물고기들
침대 위에서 퍼득거린다.

애꾸가 가면
해바라기 틀니만 남아
틀니에서 빠져나온 긴 혀가
오래 오래 나를 핥아줄 거다. 암.

마우이 족

상처는 섹시하다.
여인들은 자신의 뺨에 죽 죽
칼집을 내고
거칠게 꿰맨다.
정교하고 멋진 디자인의 엉덩이 칼자국은
남자들을 흥분시킨다.
소녀들도 할례를 받는다.
맑은 물이 흐르는 개천에 앉혀 놓고
엄마들은
딸들의 음핵을 파과시킨다.
시냇물이 길다란 붉은 띠가 되어
악어의 입 속으로 흘러든다.
악어를 조심하라고?

부활절의 붉은닭

몽땅 내어놓는다.
쌀뜨물 같은 것에
쓰디 쓴 노랑물에
똥 오줌까지

양변기 앞에
재래식으로 쭈그려 앉아 토할 때
머리통은
어쩌면 그리 변기 사이즈에
편안히 맞는 것이며
변기는 어찌 그리
열린 자궁인 것이며
쏟아져 나오는 안엣 것에
나는 입이 콱 꿰이는 것이냐.

꿰인 채 딸려들어 가고픈
한없는 이 몸이 되는 것이냐
목구멍 깊숙히
숨통을 누르는 손가락이여,
변기물 내리는 손가락이여, 아무렇지도 않게
손바닥을 보여주기도 하는
죽음이여.
맑은 수돗물로 고여 올라오는 너의 얼굴을,
그 커다랗게 벌렁거리는
하늘의 밑구멍을 보았는 것이냐.
구름이 오늘 너를
바라 보이더냐.

붉은닭의 질문

봄꽃은 왜 모두 가짜 같은가.
섹스는 왜 모두 가짜 같은가.
공원묘지에 올록볼록
화장지 같은 저 무덤들은?
치매환자인 내 하나님은
왜 그만 돌아가시지도 않는가.
왜 나는
하나님과 붉은닭을
하루에도 수십 번씩 헷살리는가.
그 헷갈림이 왜
이경규의 개그보다 더 재미있는가.
미친 여자는
모든 여자들에게
왜 친족 같은가.

똥 침

고흐가 왜 귀를 잘랐는지 아는가.
똥침 때문이다.
달리는 붉은닭이 왜 계속 달리는지 아는가.
똥침 때문이다.
팔뚝처럼 굵고 긴 칸나

꽃줄기를 휘두르며, 한 번 더.
똥개가 두발로 뛰어 따라온다.
평생의 저 허연 개배때기가
항문에서 흘러 암내를 풍기는 거다.
섹시섹시한 앞날 앞에
항문 벌리고 엎드렸는 옛날.
옛날의 금잔디에 기도하는 두 손 모아
똥침. 엄마 아빠 사이좋은 무덤
사이에, 한 번, 더.

코기토

이제 하루라도 거짓말을 하지 않으면
그것도 (속으로) 하지 않으면
혀에 가시가 돋친다. 돋칠 것 같다.
정말, 거짓말로 생각하기를 전면 중단하면 어떻게 될까.
거짓말로 느끼기를, 거짓말로 확대 축소 복사 삭제하기를, 정말
푸른 시금치 먹은 뽀빠이는 힘이 쎄져서 화가 났을까. 헐크처럼
화가 나서 힘이 쎄졌을까.
광수생각은… 생각 끝에 광수가 광수에게 하는 거짓말이라는 점
에서
포스트모던하다. 따라서 언론이란 포스트모던한 것이다.
광수는 언제 화가 날까.
나 연필. 나 하늘. 나 약국. 나 이발소. 나 땅. 빼고
나 슈퍼 우먼. 막강한 아줌마. 혀에 가시가 돋치면
그거 뽑아서 이쑤시는 싱싱한 빚쟁이. 광수는 언제 미칠까.
거짓말 하다가 하다가 거짓말과 자다가 거짓말처럼 죽으면

거기는, 나는, 정말
미국일까?
성공한 移民들처럼
생각까지도, 꿈까지도, 잠꼬대까지도
'영어'로 한다는.

혀

혀를 깨물고 죽어버리지,
라는 말이 있다.

정말 혀를 깨물면 죽는가.

혀가 아플 때
(먹다가 깨물어 부었거나 혓바늘 심하게 돋았을 때)
나는
입 속에 갇힌
타인을 느낀다.

피부가 없는 사람.
거짓말로 피부를 만드는 사람.

혀를 깨물면
그 사람이 죽는다.

나는 붉은닭이 아프다

나는 붉은닭이 아프다.
붉은닭이 없어도 나는 밥 잘 먹고 똥 잘 누고 살 것이므로.

면허취소 당한 후
일년간의 도둑운전.
벨트 잘 매고, 신호위반 절대 안 하기. 음주운전은 더더욱.

전보다 사정이 나아졌다.
일찍일찍 귀가하고
딱지 떼는 일도 없고
술 먹을 일도 없다.

목이 마르면, 살금살금 도둑운전 해서
우물까지 가면 된다. 우물이 없으면

내가 위조한 붉은닭을 자수해서 우물을
찾으면 된다.

과일 바구니 들고 붉은닭에게 문병 갈 것이며
맞아도 응급실에서 얻어맞고
죽어도 병원 침대에서 죽을 것이며
면허취득 날짜 맞춰 쌩쌩하게 퇴원할 것이니.

징글징글한 태양 아래.
자궁을 까뒤집어야 피어나는 꽃이 있다.

칸나.

치 한

치한은 슬프다.
붐비는 버스 안에서, 출근길의 지하철에서
수십 수백의 한가운데 서서
등돌린 엉덩판에다 대고
사정해야 한다.
그는 여자의 붉은 비명을 기대한다.
군중의 머리 위로 흩날리는 자신의 붉은 깃털들을,
진땀 흘리며 학수고대한다.
힘 센 팔에 양쪽 죽지 뒤집힌 채 끌려나가는 붉은닭을,
혹시나,
뺨을 쳐주지는 않을까.
목뼈가 왼쪽으로 돌아가
다시는 오른쪽으로 돌아오지 못하게.
오른쪽 벽에 처박힌 성기가

부풀은 그대로 종착역의 벽화가 되게.
치한은 늙지 않는다. 죽지도 않는다.
치한은 전설적이다.
입에서 입으로
입에서 마이크로
신화로의 승격을 기대하며
오늘도 멀쩡하게 출근한다.

붉은닭을 염하다

거북이 잔등에서 붉은닭을 떼어내다.

모래 위에 첫발자국을 찍는 붉은
말.

지도의 북극과 남극에는 언제나
민들레가 피어있었다.

모래구덩이를 다 판 다음 거북이는
지도를 묻는다.

시원하게, 빡 빡 긁어 달라고
희멀건 등을 돌려대는
침묵.

갑자기
사체의 손톱 몇 개가 일 센티쯤.
쑥 — 길어지다.

고양이 발바닥엔 마우스가 붙어있다

바람난 엄마를 살금살금 따라가는 초록빛 화살표.

엄마의 바람난 일기장에 형광초록의 밑줄을 긋는 화살표.

뒷산 큰소나무에 달이 걸리면

야옹 야옹 야아옹 —

두근거리는 다락방 창문. 어쩔 줄 모르고 흔들리는 모니터.

화면 밖으로 화들화들 피어오르는 진분홍 분꽃더미

속에서 화살표가 가리키는 진분홍 색깔로 죽은 아기.

죽은 아기에 초록빛 동그라미를 치고

죽은 아기 분꽃 입술에 젖을 물린다.

새파랗게 자지러지며

젖꼭지 물어뜯으며 울어제끼는 아버지.

아우 — 내 아버지.

조금만 더

조금만 더 작아지세요.

소주병 속에 들어가세요.
한쪽 젖만 들고 갈래요.
엄마보다 더 멀리 도망갈래요.
고양이로 진화해 버릴래요 아버지.
소주 마시다 죽어버린 아버지.

내 머리를 빡 빡 밀어주세요.

3주일 째 전화를 기다리는 붉은닭

무선전화기 위에 엎어져 있는 수화기.
가만히,
빨갛게,
'충전중'이다.

만약 내게
딱 한 번의 퍼포먼스가 허용된다면.
우선, 발가벗고.
커다란 정사각의 시멘트 덩어리 위에 엎드려
가만히,
물컹물컹,
붉은 생리혈을 쏟고 싶다.

그래도 품위를 유지하고 싶은 붉은닭

품위를 유지하는 길은
단 하나.

달을 보고 울지 않을 것.

떠오르는 태양을 향해.
그 커다랗게 붉은 통점을 향해.
허파를 새빨갛게 터뜨리는 것.

계속해서 주말연속극을 시청하는 것.

49제의 붉은닭

좋아서, 미치도록 내가 좋아서, 유월 장미 냄새가 난다고,
오월에 죽은 아버지가 달라붙는다.

상처는 커다란 땀구멍. 끈끈한 땀구멍이 튀어나와 찍. 찍.
쩍. 쩍.
입 맞추며 온 세상이 내게 달라붙는다.

살아있는 아버지를 뒤집어쓰고, 죽은 아버지를 뒤집어쓰고,
억울해서,
유월 장미. 모가지 꼿꼿이 세워 올리는데.

떨어진 온갖 정이 들러붙어, 너 죽고 나 죽자. 이 화창한 날에.
아무 것도 없는 날에. 지나가는 유령이 뵈는 것 같은 그런 눈을
하고.

유월 넝쿨장미. 피어오르면서 눈부시게 붉어. 얼마나 오래됐는지.
그 긴 철제 담장을 뭉클뭉클 무너뜨린 지.

다이어트 식단

나를 길바닥에 내려놓고
간다.
요란한 신호음을 내는 앰뷸런스.

부러진 갈비뼈 사이에서
붉은닭이 까치소리를 지른다.

내 기대앉아 울던 담벼락이
화장실 간 사이에 무너져내렸다.
오래 오래 내 등에 기대어 버티던
하느님.

팬티를 올리는 사이에
앰뷸런스가 오고

청바지 올리는 사이에
벨트 채우는 사이에
변기도 실려가고
지붕도 실려간다.

접시 위의 크림빵.
포크를 들어 푹 찍어라.
크림 상태의 피가 솟구칠 테니.

춤추는 시바

'아버지 죽이기'는 필수고 '어머니 죽이기'는 선택이다. 아우라의 구멍 속에 한쪽 다리를 박고 서서 나는 헛돈다. 공중에 쳐들린 다른 한쪽 다리의 엄지발가락엔 아버지의 귀가 모자처럼 꽂혀 있다. 모자에서 흘러나온 한줄기의 피가 허벅지를 지나 사타구니 속으로 흘러 들어간다.

나는 피가 흐르지 않는 모자는 한 번도 본 적이 없다. 내 눈길이 닿으면 모자 밑엔 금세 귀가 달리고 귀구멍에선 피가 나왔으므로. 귀를 짤라내면 더 커다란 피가 나왔으므로.

음악은 수학보다 더 끔찍하다. 음악은 사람을 변덕스럽게 만든다. 언젠가는 꼭 자살하고야 말겠다던 엄마는 아직도 자살하지 않고 있다. 나는 아주 잦았던 어머니의 세코날 심부름과 약국 순례를 기억한다.

내 아우라의 구멍은 음악을 듣는 귀구멍이다. 음악은 세코날 캡슐을 풀어놓은 강물. 강물의 한쪽 귀를 틀어막아 버리고, 음악이 없음으로 하여 나는 헛돈다. 헛돌면서, 어머니처럼 늙어간다. 젊은 내 어머니는 아직도 강을 타고 앉아 뒷물하고 계신다. 반짝거리며 뒷물하고 계신다.

침 대

그대
침대여, 푹신하고
커다란 혓바닥이여.

거짓말로 꼬시고 거짓말로
강간하고, 껴안고, 창문 밖으로 던져버리고, 거짓말과 함께
찢어발기는 대로, 그대로 붉은닭을, 발음
발음해 주는, 거짓말의 원형
침대여.

은여우가 먼저 와서 덥혀놓고 간 자리.
암내로 암내를 지우는 자리.
존재를 위한 다음 번 거짓말이
극락 만다라로 솟아오르는.

그대,
침대여.
침 발라 붙여놓은 나의
베드 씬이여.

이브의 저녁식사

실낙원의 이브,
둥둥 떠도는 붉은닭을 한 마리 잡아먹다.

둥둥 떠도는 사과를 디저트로 씹어먹다.

돌연, 사과나무가 지진을 일으키며 솟아오르다.
공중의 사과들이 사과나무에 매달리다.
붉은닭들이 상처를 입고 떨어져 내리다.

아담이 톱을 들고 달려와
사과나무를 자르는 동안.

아름다운 이브,
눈이 빛나는 이브,
아담을 살해할 궁리를 시작하다.

신차발표회

Car…

완벽한 누드,

불쑥

가운데 유방을 움켜쥐는

차갑고 억센 손아귀.

내부에서 푸르르게 출렁이는 건

체액… 익사 직전의 내

몸에서 풍기는 새 차 냄새.

Car…

상처의 란제리.

피부의 아이콘. 클릭

클릭, 하면 Car….

내 사이즈,

내 남근. 클릭, 하면

짝 벌어지는,

팬티가 찢어지는,

國道.

해리를 위하여

붉은닭을 잡으러 간다. 길은 없고 도로뿐이다. 벌판은 없고 활주로뿐이다. 해리를 위하여 나는 운전을 배운다. 해리에게 접근하기 위하여 나는 충돌사고를 낸다. 해리를 백미러로 바라보면서 나는 깨진다. 안구에서 튀어나온 눈알이 사이드 미러에 좌우로 달라붙는다. 나를 미행하는 해리를 위하여, 나를 추격하는 해리를 위하여 붉은닭은 오늘도 무위도식한다. 가끔씩 나보고 섹스하자고 조른다. 빤쓰 벗고 덤빈다. 뒤집힌 빤쓰의 밑부분에 달라붙어 꼼짝않는 파리를 바라보면서 나는 수음한다. 해리를 위하여 나는 시속 140으로 후진한다. 해리도 같은 속도로 후진한다. 그 뒤의 해리도 후진한다. 길은 없고 도로뿐이다. 콘베이어 벨트 위에서 안전벨트를 매고 붉은닭이 달려간다. 도로의 끝은 활주로로 이어진다. 이어져야 한다. 아름다운 유방 한 조각이 도로 위에 떨어져 있다. 해리가 생각나면 유두에서 휘발유가 솟아오른다. 붉은닭이 휘발한다. 해리가 휘발한다. 도로가 하늘색으로 휘발한다. 발기한 핸드 브레이크에 콘돔을 씌우고 나는, 나를 위하여 갓길에 정차한다.

보물섬 이후

보물섬에 다녀온 존 실버는 들오리 사냥으로 소일했다. 그는 들오리를 잡으면 즉각 모가지를 비틀어 댕가당 짤라냈다. 모가지 짤린 들오리가 몸통만으로 날아올라 호수를 건너는 것을 바라보다가 그는 진짜 애꾸가 되어버렸다.

어떤 들오리 한 마리는 거대한 포물선을 그리며 그대로 대서양을 건너 에이허브 선장에게로 날아갔다. 포물선 끝에 모비딕을 매달고.

비 트

빨치산들의 지리산 비트
신고합니다
차인표의 쇠똥비트
잠수함 타고 온 공비들의 칠성산 비트
흙을 덮고, 나뭇잎을 덮고, 누워서
숨만 쉬면서
쉬면서
비트의 주인은
자면서
잠의 주인은
설흔 여섯 번째의 戒를 해독한다.
나뭇잎 몇 장
비트 위에 내려앉고
이제 내가 할 수 있는 게 무엇인가

하며, 나뭇잎 사이
벌레 먹은 하늘이나 바라보며 앉아 있다가
발견한 비트.
고치가 되어
낙엽 뒤에 딱 붙어 있는
비트의 주인.
설흔 일곱 번째의 戒를
손바닥 위에 올려놓는다.

4박 5일

빨간 매니큐어를 바르던 여자.
손톱으로 벽을 긁기 시작하다.

시계와 달력이 붉게 물들다.
생리혈이 흐르는 방향으로 시계바늘이 돌고 냄새나는 날짜들이
흘러가다.

들짐승과 날짐승의 냄새, 물고기와 어패류의, 정액과 애액의 냄
새, 빈대와 바퀴벌레의 냄새가 한 집에 모이다. 방울피와 선지피를
먹은 음순이 선인장 꽃처럼 피어나다. 앉는 곳마다, 손대는 곳마다
피가 묻어나다. 피묻은 혀가 변기물에 떠서 사박 오일 머물다. 둥
근 소파처럼 커다란 피덩이가 카펫 위에 놓이다. 거기 앉아서 꼼짝
말라고, 주는 거나 받아먹으며 냄새나 풍기라고. 가만히 앉혀놓고

사육하다. 돼지에게 삼겹살을 먹이다. 뱃속의 새끼돼지를 꺼내 통째로 먹이다. 토끼에게 토끼의 똥과 오줌을 먹이다. 토끼털 목도 리를 먹이다. 송아지에게 선지피를 먹이다. 빨간 손톱을 핥다가 소 가 되기 전에 죽은 소의 혀를 먹이다. 고양이에게 먹힌 쥐들이 벽 에서 쏟아지다. 사방으로 흩어져 냄새를 사냥하다. 발 밑에서 발등 으로 종아리로 쥐가 올라오다.

허벅지를 타고 앉았던 고양이가 도망가다.
빨산 매니큐어를 엎시르고

쥐를 사육하다. 주머니에서 주물려 터진 쥐를 돼지에게 밟힌 쥐 를 닭에게 쪼인 쥐를 얼어죽은 쥐를 눈 먼 쥐를 먹이다. 몰려드는 쥐를 붉은 소파 덩어리 속으로 들어가는 쥐를 소파를 끌고 가는 쥐 를 먹이다. 소파를 먹이고 소파에 앉아있는 나를 먹이다. 하나 남

은 손으로 마지막 하나 남은 커다란 쥐 한 마리를 다 파버린 벽에
밀어넣다. 쾅, 벽을 닫다.

죽은 고양이가 천장에서 떨어지다.
고양이 사체에서 다음 달의 생리가 시작되다.

일본남자

나는 책을 읽고 있었다. 그는
긴 가시오이를 하나 들고 왔다.

내 코 앞에 항문을 들이대고
오이를 박아 달라고

했다. 커다란 망치로 오이를
박았다. 어디서 수돗물 새는 소리가 들렸다.
오이 꽂힌 항문으로 수도꼭지를 막으면서 그는
토하기 시작했다.

나는 책을 읽고 있었다.
주인공이 왜 빨간 페인트를 뒤집어쓴
머리로 목매달았는지,

수돗물 새는 소리를 끝장냈는지.

드디어 그는 뜨거운 오이덩어리를
내 입 속에 토했다. 가시오이 가시 끝에
노란 오이꽃이 피어났다.

마지막 페이지를 다 읽고, 내가 먼저
방귀를 뀌었다. 대답하듯 일본 남자가
방귀를 뀌고.

함께 뀌려고 참는 사이,
방귀냄새가 났다.
일본남자는 사라졌다.

수돗물 새는 소리가 다시 들리기 시작했다.
다 읽은 책을 거꾸로 읽기 시작한다.
마지막 페이지부터.

일본 남자는 책을 읽고 있었다. 나는
긴 가시오이를 들고 그에게 갔다.

주인공

철새떼가 간다.
언제나 떼로 갔지.
V자로 대열을 지으며
法처럼 갔지.

주인공을 갈겨서 또 한 번 길바닥에 때려눕히고
규칙적으로 떠서
철새와 새가 간다.
새와 새가 간다. 정확한 거리를 두고
거리와 새가 간다.

그리도 궁금하게 와서
모두 새가 된 거다.
거리가 된 거다. 저 거리를 다 합하여서

놀라버린 봄나무에는 벚꽃만 남는다.
변한 것은 그것뿐이다.
구름의 허파 같은, 허파꽈리 같은.

오래 널브러진 길바닥.
화사한 욕창을 깔고 누워
세상에서 가장 커다란 음악을 V자로 본다.
누가 굴러와서 귀를 잡는다.
유행가만 빼고, 니머지는 다 폭력이있다고.

열 개의 귀가 떨어져 나가다.
귀를 잡고 있던 팔이 다 떨어져 나가다.
소리없는 사다리가 눈높이로 뜨다.
사다리가 기대고 있는 저 푸른 방음벽.

투명한 유리에 머리 부딪치며

일정한 간격으로 쓰러지며 거꾸러지며

새와 새떼가 간다. 새떼와 길바닥이 간다.

法처럼 간다.

밥처럼 간다.

치-즈를 하면서

변화구에 성공한 야구만화 주인공은 다 어디 갔는가. 그의 황금
왼팔은.

붉은닭을 믿다

내가 믿었던 것.

똥통 속의 구더기 몇 마리, 파란 날개 달고 날아오르고

그 나머지. 정신없이 꼬물거린다. 가려운 항문

가려운 음문, 음문을 꿰맨 실밥 뜯으며

뜯은 실밥 깨끗이 먹어치우며 꼬물거린다.

입 닦은 냅킨에 구더기가 묻어나온다.

내가 믿고 있는 것.

올라오는 구더기를 그대로 삼켜서 가두고,

내려가는 구더기를 항문에서 나시 가두고,

도망가는 구더기는 음문에서 가두고, 그러면

나는 무사하리라. 트림도 하고 방귀도 잘 뀌면서.

한 구석에서 은은히 빛나고 있으리라.

쓰지 않는 스텐 요강처럼.

내가 믿어야 할 것. 그래,

파란 똥파리는 매미가 되어야 하고 장수하늘소가 되어야 한다.
구더기가 흰 뱀이 되도록
요구한 죄여. 버캐 낀 요강이여. 요강 들고 서 있는 깜깜한 변소여.
잠든 사이, 습관적으로 꿈꾸는 사이,
똥파리가 알 하얗게 슬어놓고 간 대머리가
또 왔다. 금반지만 끼워 주라. 내 빤쓰까지
홀라당 옷 벗어줄테니.

풍향계

바람은 복잡한 눈빛을 하고 있다.
바람 한 점 없는 날.
붉은닭이 풍향계 위에 서다.

바람 속에는 색동무늬 왕뱀이 살아
바람 한 점 없는 날.
붉은닭에게 잡아먹힌다.

집자기
남편과 아이들이 증오스러워진 여자
죽이고 싶도록.

풍향계가 서북쪽으로 조금 움직인다.

머피의 법칙

가습기 물통에 물을 받는 동안
물통을 붙잡고 서서
머피의 법칙을 생각한다.
혹시…는 역시가 된다. 품고 있던 달걀은
나중에 닭이 된다.

껌껌한 양계장에서 지켜보았었다.
닭의 밑구멍에서 달걀이 나오는 광경을.
분홍빛 구멍이 조금씩 열리며
찢어지는 듯하며
아, 커다랗게 입을 막으며
떠밀려 나오는, 피 묻지 않은
하얀 기적.

머피의 법칙을 생각한다.
혹시 내가 아직까지도 품고 있는 것이 있다면
그건 바로 그 기적이다. 달걀이다.
암탉이다. 암탉을 잡으려고 이리저리 뛰는 머피.
머피의 암탉은 바로 나다.

물통을 붙잡고 섰는 동안
나는 꼼짝없이 붙잡혀서 바라본다.
기적이 낳은 무정란 하나.
무정란 하나를 죽어라 품고 있는 암탉과
암탉 밑에서 움푹 꺼져가고 있는
지구를.

비보호 좌회전

20년 전, 소설 〈무골충〉을 읽고 나서 언니는 내게 말했었다.
무골충 같애.

삼우제 치르러 가는 차 안에서 언니는 다시 말했다.
무골충 있잖니. 그거 읽은 다음날, 글쎄 아버지가 그 책을 읽고
있드라.
철렁 내려앉는 거 있지.
너 내가 가장 노릇 지겨워서 미국 간 거 알아?

알아. 근데 언니. 참 이상하지. 아버지 염할 때 봤잖아.
그… 뼈만 남아있던 거.

잠시 후 언니는 선글라스를 꼈다. 잠시 후 검은 선글라스
밑으로 슬금슬금 눈물이 내려오는 게 보였다.

잠시 후 나는
우리 눈물이 바로 그 무골충이 아니었나 하며
공원묘지 입구를 향해 비보호 좌회전을 했다.

좌회전 한 번 하는 데 20년이 걸린 셈이다.

迷 鳥

두루미는
긴 목을 말아 두르르 뒤로 돌리고
부리를 등의 깃털 속에 묻고 잠잔다.
정물.
정물의 穴에 꽂힌 대침.

두루미는 히말라야를 넘는다.
젯트기류가 사라지는 10월 어느 하루
새로 발생하는 상승기류를 타고
눈부신 만년설을 배경으로 날아간다.

만년을 한 번에 넘는 길.
그 길이
부리를 묻은 깃털

두루미 오른쪽 옆구리에 서식한다.

서식지에 대침처럼 꽂힌
두루미의 잠.
모든 새들은 두루미를 기준으로 시간을 잡는다.
태어나는 순간부터 잊기 시작하는
저 쇠재두루미 오른쪽 옆구리로 두르르 말려 들어가는
우주적 시간.
우주적 시간의 외로움.
외로움의 어떤 승리.
V자 형으로 날아가는.

기억에도 장유유서가 있다.
편대의 끝에서 점점 떨어져 나가는

두루미의 소외를 기준으로
또다른 V자 편대가 히말라야의 10월
어느 하루를 넘을 것이라고
나는 믿는다.

지구인

언덕 위를 걸어가는 사나이가 사라진다.
언덕이 사라진다.
그 방면의 하늘에
언덕 위의 하얀 집이 덜렁 떠 있다.
세웠던 무릎을 쭉 펴고 잠자는 거인의 맨발이
하얀 벽을 뚫고 나와 걸어다녔다.
하루종일.
언덕 위를 걸어가는 발자국 소리 듣는다.
지구의 심장이 뛰는 소리. 니는
쓱 문질러져서 한순간에 사라진
가슴 한 쪽을 생각했다.
직립보행에의 믿음 같은 것.
거인의 넓은 등에 업혀서 간다.
업힌 내 등에서 구불구불 길이 흘러내린다.

등 뒤에서
세상의 모든 언덕은 비스듬히 눕는다.
새끼 품듯, 길을 꼭 껴안고.

절 벽

소머리 국밥집 앞.
정차한 1톤 트럭 하나 덜렁.

흐르는 피가 없다.
소머리국처럼 말간 표정.

잘린 두상에선
(그것이 사람이건 짐승이건)
대백과사전의 냄새가 난디.
몸뚱이란 원래 말을 듣지 않는 것이다.
죽음은,
머리, 몸뚱이 관계없이 뚝 떼어져서
이처럼 배달되기도 한다. 전화 한 통화면
소머리 국밥이 14층까지 뜨끈뜨끈하게 배달되듯.

막연히 국밥그릇처럼 어루만져 보는 죽음과
실제 죽음 사이엔
틀림없이 거리가 있을 것이다.
지금 막 배달된 소머리와
국밥집 주방 간의 거리 정도.
그 사이를
머리없는 소의 몸통으로 느릿느릿 오가는
일생일대의 절벽이 있다.
절벽 위에서 매일 석양이 투신한다.

장어

공중에 번쩍 들렸다 장어 망태기.
그물 사이사이
실뿌리처럼 비어져나와
뻐르적댄다. 그래,
아직은 바다다.

뜯어먹을 것, 아직은 바다인지
정말 그런지
내 머리 속 하나 가득
머리 디밀고 있는
장어. 긴 꼬리. 꼬리 무는 생각들.

기생에서 자생으로 진일보하며
내 모든 잡념은 나를 염한다.

부드럽게
마지막 사랑을 시작한다.

이제 눈은 없어도 된다.
몸뚱이 길다란 그리움.
그리움 속에 머리 쳐박던 날들.
날 것의 푸른 피로 물든 하늘과
하늘 아래 번쩍 들린
벌거숭이. 그래,
죽자.

머리로 정하고
그것이 꼬리지느러미에 이르기까지.
두 발. 땅 위에 단단히 못박을 때까지.

긴 이음줄의 몸.

얼마나 징그러운 몸짓을 이룩해야 하는지.

뻐르적대며 사랑해야 하는지.

그 푸르고 싱싱한 수치를.

텔레스크린

주암 저수지에서 겨울을 난 철새들이
북상을 시작했다고.
TV화면 하나 가득 새떼.
뭔가 보여준다.

뭔가
몸이 먼저 아는
그 타이밍.

하늘을 펴며 확 뒤집으며
은빛으로
잿빛으로
쏟아져 내리며

가는구나.
저렇게 아름다운 모습으로 왔었노라고.
내 안에서 죽었다가
살아났노라고.

맑은 유리병 하나
공중에서 터진다.

마음의 내부분
이런 화면이 아니었나.
터진 후에도 병 속을 나는 새 떼.

과거에서
대과거로 넘어가며

위악과 도발의 상상력,
혹은 그로테스크의 미학

김 진 수(문학평론가)

> 그로테스크는 낯설어진 혹은 소외된 세계의 표현
> 이다. 즉 새로운 관점에서 봄으로써 친숙한 세계가
> 갑자기 낯설어진다 (그리고 아마도 이러한 낯설음은
> 희극적이거나 또는 으스스한 것, 아니면 그 둘 모두를
> 포함하는 것일 수 있다). 그로테스크는 터무니없는
> 것과 벌이는 게임이다. 다시 말해서, 그로테스크를
> 추구하는 예술가는 존재의 깊은 부조리들과 반쯤
> 은 우스개로, 반쯤은 겁에 질려 장난을 한다. 그로
> 테스크는 세상의 악마적 요소를 통제해서 쫓아내
> 려는 시도이다.
> — 볼프강 카이저(W. Kayser),《예술과 문학
>   에서의 그로테스크》

1

전영주의 시들은 상징성이 매우 강한 이미지들의 혼합으로 직조된,
어떤 낯선 꿈과도 같은, 초현실주의적 회화의 화폭을 보여주는 듯하
다. 《붉은닭이 내려오다》에 실린 거의 모든 시들은 이러한 상징법에

기대어 부조리한 삶의 모순과 무섭도록 섬뜩한 실존의 상처를 풍경화한다. 상징은 그것이 지시하는 실재가 부재하거나 혹은 너무 많은 실재가 존재한다는 것을 표시하는 하나의 암호이다. 말하자면 상징은 언제나 그것이 지시하는 것의 부재나 잉여를 생산한다는 것이다. 그 부재와 잉여 속에 상징의 본래 의미가 존재한다. 그렇기에 그 부재와 잉여는 우리의 의식과 언어의 나침반으로는 당도할 수 없는 어떤 미지의 세계를 그려놓은 지도처럼 존재한다. 상징적인 것은 의식을 넘어서는 보다 넓은 무의식의 측면을 가지고 있고, 또 그러한 측면은 결코 명확히 정의되거나 완전히 해명될 수 있는 성질의 것이 아니다. 거꾸로 말해서, 의식에 의한 이해의 범주를 초월하는 것들에 대해서 정의할 수도 이해할 수도 없기 때문에, 우리는 이를 표현하기 위하여 늘 상징적인 용어를 사용한다는 것이다. 이러한 상징을 의식적으로 사용하는 것은 지극히 중요한 심리적 현상의 한 측면에 불과하다. 왜냐하면 인간은 또 꿈이라는 형태를 통하여 상징을 무의식적이며 자연 발생적으로 산출하고 있기 때문이다. 분석심리학자 융(C. G. Jung)에 의하면, 일반적으로 어떤 사태나 사상의 무의식적인 면은 꿈을 통해 어둠 밖으로 모습을 드러내는데, 그것은 합리적인 사고로서가 아니라 상징적인 이미지로서 나타난다는 것이다. 그렇기에 그것은 차라리 해독을 거부하는 암호문에 가깝다고 할 수 있다. 안타깝게도, 꿈은 의식이 이해하기에는 너무 어렵기 때문이다. 전영주의 시들이 바로 그렇다.

입 틀어막고 눈을 뜨다. 천장이 움직이다.
장미 넝쿨로 목 졸린 붉은닭이 내려오다. 얼굴 가까이까지
흔들흔들 내려오다. 축 늘어진 닭의 발톱이
내 눈알을 뽑아버리다.
밤 2시에서 3시 사이
붉은닭의 가랑이를 찢다.

　　　　　　　　　　　　　　　　　— 〈붉은닭이 내려오다〉 부분

　전영주의 시들에서 사용되는 상징은 그런 의미에서 의식으로 드러
나서 주체 속에 통합되길 거부하는 어떤 심리적 외상들(Traumen)의 실
재를 지시하는 것인지도 모른다. 라캉(J. Lacan)의 말을 빌리자면, 그
것들은 언어로 구성된 상징계 속으로 들어오길 거부하는 무의식적 실
재의 이미지들이다. 프로이트나 라캉에서, 상징계로 편입되길 끝내 거
부하는 저 무의식의 실재들은 다행스럽게도 꿈이나 환상을 통해 — 비
록 또 다시 왜곡된 모습으로 자신을 연출한다고 할지라도 — 어느 정도
드러난다고 힌다. 융의 경우에도 역시 꿈은 무의시의 고유한 표현의
하나로 간주되는 것이다. 전영주의 시들에서 드러나는 상징적 이미지
들도 바로 이러한 무의식의 표현일지도 모른다. 그 시들은 마치 초현
실주의 예술가들의 '자동필기술'(automatism)을 연상시키듯이, 거의 아
무런 의식의 통제 없이 자유연상에 의한 무의식적 이미지들의 나열로
이루어진 듯이 보이기 때문이다. 꿈과 환상의 상징은 대부분 의식의
제어를 초월한 심리의 표출이다. 그것은 꿈을 꾼 본인과 분리하여 생

각할 수 없고 또 어떤 꿈이든지 이미 정해진 해석이란 있을 수 없다. 의식이 무의식을 보상하는 방법은 개인에 따라서 현저하게 다르기 때문에 꿈과 그 꿈의 상징이 어느 정도로 분류될 수 있는가를 확정하기는 불가능하다. 전영주의 시를 해독하는 데 난감함을 느끼는 까닭은 바로 이러한 이유 때문일 것이다.

2

전영주의 시들은 아름답지 않다. 아니, 다시 말해야겠다. 이 시인 역시 아름다움을 추구하긴 하지만, 그 추구의 방식이 아름답지 않다고 말이다. 여기에서 '아름다움'이라는 것은 미적 정신의 요구를 충족시키는 특정한 대상의 질을 의미할 터이다. 물론 전영주의 시들이 추구하는 목표는, 모든 시와 예술이 그렇듯이, 이러한 아름다움에 있을 것이다. 그러나 시인에게서 중요한 것은 아름다움이란 목표 자체가 아니라 그 목표에 도달하고자 하는 어떤 방법에 있는 듯하다. 우리는 시인의 이러한 시적 방법론을 일러 '그로테스크의 미학'이라고 불러도 무방할 듯 싶다. 《붉은닭이 내려오다》에 실린 거의 모든 시들은 어떤 낯설고도 기괴한 풍경을 연출하고 있으며, 우리는 이 풍경의 배후에서 금기에 도전하고 또 그것을 위반하고자 하는 위악적이고도 도발적인 상상력이 부리는 장난기 어린 표정을 만날 수 있기 때문이다. 시의 화폭에 드러나 있는 이 기괴한 풍경과 그것의 배후에 숨겨져 있는 저 장난스러

운 표정 사이에서 만들어지는 긴장과 부조화 속에 전영주 시들의 매력
이 존재한다. 그리고, 이 전율적인 풍경과 유희적인 정신의 부조화가
만들어내는 그로테스크의 미학이야말로 전영주의 시들이 지니고 있는
가장 뚜렷한 표지라고 할 수 있다.

> 비명소리에
> 일생일대의 수치가 죽다.
>
> 여자의 가랑이 사이에서
> 중량 3Kg의 피범벅이 밀려나오다.
>
> 3키로 짜리 토종이예요.
> 백숙이요? 도리탕이요?
>
> 흰 가운의 정육점 남자가
> 생닭의 두 다리를 잡아올리다.
>
> 축하합니다.
> 공주예요.
>
> 도리탕이요.
>   —〈생〉 전문

전영주의 시들에서 이같은 그로테스크의 미학을 만들어내는 시적

정신의 지반은 위악적인 엽기성과 도발적인 에로티즘의 상상력으로 보
인다. 이 위악과 도발의 상상력은 우스꽝스러운 것과 기괴한 것을 불
가해하도록 연관짓고 또 전혀 이질적인 요소들을 뒤섞음으로써 어떤
낯설고도 불쾌한 풍경을 연출하여 독자들로 하여금 뒤숭숭하고 불편한
감정의 갈등을 겪게 만든다. 다시 말해서, 그로테스크의 미학 속에는
전혀 관련이 없는 듯한 요소들을 한 데 뒤섞는 '놀이'의 특성이 들어있
다는 것이다. 이 미학 속에 숨어있는 이러한 놀이 요소를 처음으로 강
조한 이는 독일 낭만주의 이론가 슐레겔(F. Schlegel)이었다. 그는 그
로테스크가 표출되는 풍성한 상상력에 대해 거론하면서 유쾌한 장난
기가 모순적인 것, 역설적인 것, 공상적인 것 따위의 중요한 요소라고
언급했던 것이다. 슐레겔에 의하면, 그로테스크는 형식과 내용 사이의
상충적인 대조로 이루어지며 이질적인 요소들의 불안정한 혼합, 우스
꽝스러우면서 또한 무시무시한 역설의 폭발적인 힘으로 이루어진다.
사실상 그로테스크에 관한 낭만적 토의가 확고한 지반을 마련한 것
은 독일이 아닌 프랑스 문학에서이다. 가령, 위고(V. Hugo)는 자신의
극 〈크롬웰〉(Cromwell, 1827) 서문에서 그로테스크를 주로 낭만주의
이전의 예술과는 대척적인 현대의 특징적인 예술 양식으로 논의한다.
그는 이러한 그로테스크의 미학을 예술적 창조의 변두리에서 핵심적인
위치로 옮겨 놓으면서, 아름답고 숭고한 것의 미적 범주가 지니는 옹
색한 한계에 비할 때 희극적인 것, 무시무시한 것, 추한 것이 갖는 무
한한 다양성을 강조한다. 특히 주목할 점은, 위고가 그로테스크를 단

순히 공상적인 것이 아니라 사실적인 것과 관련지음으로써 그것이 단지 하나의 예술 양식이나 범주가 아니라 자연과 인간의 주변 세계에 존재하는 것임을 분명히 하고 있다는 것이다.

사실상 전영주의 시들이 구축하고 있는 그로테스크의 미학은 서구에서는 이미 로마 문화의 초기 기독교 시대에까지 거슬러 오르는 장구한 역사를 지니고 있는 터이다. 애초에는 회화나 조각, 건축 등 시각예술의 장르로부터 출현한 이 미적 방법론은 고대 그리스 예술이 지녔던 '고귀한 단순성, 고요한 위대성'이라는 고전적 취향의 미와 예술관에 대한 반발로부터 등장한, 표현주의적인 요소가 매우 강한 미학이다. 전영주의 시들에서 소재나 모티프로 자주 등장하는 시각예술가들의 이름, 가령 낭만적 서정시의 분위기를 지닌 풍경화를 주로 그린 카스파르 다비드 프리드리히나 강렬한 표현성을 특징으로 하는 반 고흐, 표현주의 화가 게오르그 바젤리츠, 행위 예술가 요셉 보이스나 백남준 등은 이 미학의 역사적 출현이 시각예술로부터 비롯되었다는 점과 결부되어 쉽게 간과될 수 없는 것이다. 출현 당시에는 걷잡을 수 없는 격한 부조화만을 나타내거나 희극적인 것의 보다 조잡한 형태로 치부된 이 미학은, 그러나 낭만주의 이래로 현대에 들어서는 근본적으로 양가성(Ambivalenz)을 지닌 것으로, 말하자면 대립적인 것들의 격렬한 충돌로 여겨지면서 존재의 근원적이고도 문제적인 성격에 대한 적절한 표현으로 간주된다. 추(醜)의 표현 양식으로서 그로테스크의 미학이 시각예술의 영역을 넘어 문학으로 이입된 최초의 예는 아마도 16세기의 프랑스 문학가 라블레(Rabelais)가 될 것이다. 그는 이 용어를 주로 신체 부위를 언급하는 데 사용했던 것으로 알려져 있다. 현대 문학에서 추와 그로테스크의 표현은 낭만주의로부터 영향을 받은 초현실주의 예술가들과 해롤드 핀터나 존 바스, 베케트와 이오네스크, 귄터 그라스와 뒤렌마트 등의 작품들에서 발견된다. 아마도 전영주는 이들의 직접적인 후예가 될 듯하다.

3

전영주의 이번 시집을 통괄하는 대표적인 상징어는 시집의 제목에서부터 이미 등장하고 있는 '붉은닭'이라고 할 수 있다. 그것은 의식하는 기억의 어떤 잔존물들, 이를테면 말할 수도 없고 언어화되기도 거부하는 그 모든 것의 상징일 수가 있다. 말하자면 그것은 어떤 부조리한 실존의 상흔들인 셈이다. 그 상흔들은 슬픔이라고 하기에는 너무나 치명적이고 압도적이어서 기억에 의해 재구성되길 거부하는 듯하다. 다시 말해 붉은닭으로 상징화되는 것은 죽음이나 성, 폭력 등과 같은 원초적인 심리적 외상들의 이미지라는 것이다. 따라서 그것들은 의식하는 주체의 입장에서 재구성하기가 거의 불가능한, 어떤 파편화된 이미지들로만 던져져 있을 뿐이다. 이처럼 '마술에 걸린 기억들'(〈붉은닭을 매장하다〉), 즉 망각이란 기억 자체의 존재 상실을 의미하는 것이 아니다. 그것은 의지에 의해 재생될 수는 없지만, 잠재적인 무의식의 상태로 존재하고 있기 때문에 때를 가리지 않고 자연발생적으로 다시 튀어나오게 될 수도 있다. 때로는 완전히 망각된 것 같았던 기억이 수년 후에 되살아나는 일을 우리는 흔히 경험하는 터이다. 그런 의미에서 저 '마술에 걸린 기억들' 속의 인물과 사건, 사태들은 무엇이든 언어로써 의미화되지 못하고 오로지 붉은닭이라는 상징의 외피만을 드러내게 된다.

> 불을 지르고 달려가다. 광견이 불을 뒤쫓아 달리다. 광녀가
> 두 팔을 휘저으며 뒤쫓아가다. 광녀의 우물이 쓰러지다.
> 펄펄 끓는 우물물이 쏟아지다.
>> 빠진 두레박이 쏟아지다. 두레박 속의 해
>> 골들이 쏟아지다. 배를 움켜쥐고 대굴대굴
>> 구르면서 지하가 지상으로 쏟아져 흐르다.
> 붉은닭을 처형하기로 하다.
> 해나무 가지에 붉은닭의 목을 달다.
> 천둥소리를 내며 번개가 부러지다.
> 다시.
> 해나무에 불을 지르고
> 해나무가 달려가다.
>
> — 〈붉은닭과 닭〉 전문

《붉은닭이 내려오다》에 들어있는 시들의 언어 형식적인 특성을 주목해 보기로 하자. 우선, 이 시집에 실린 거의 모든 시들이 원형 동사

를 사용하고 있다는 점이 지적될 수 있겠다. 그것은 시제를 무화시키면서 동작이나 상태의 원형성을 보존하고 있는 동사의 꼴이다. 거기에서 문장의 주어 / 주체는 시간 부재의 상태 속에서 화석화된다. 왜냐하면 시제를 확보하지 못한 주체란 바로 화석화된 어떤 무규정적인 익명의 상태이기 때문이다. 레비나스(E. Levinas)의 《시간과 타자》를 빌려 말하자면, "자기로부터의 출발이 곧 현재"를 만들어내는 것이기 때문에, 시제를 확보하지 못한 주체란 아직 주체가 되지 못한 익명의 무시간적 존재 상태에 불과한 것이다. 전영주의 시들은 이처럼 일체의 시제를 무화시킴으로써 주체를 시간 부재의 상태 속에서 화석화시킨다. 이 시제의 무화 내지 원형성의 보존은 이 시인의 시들이 무의식의 드러냄과 밀접한 관련이 있음을 입증해 준다. 왜냐하면 무의식은 일체의 의식할 수 있는 범위의 심적 내용에서 잊혀진 것이나 누락된 것을 신화 유형적 조직 속에 침전시키고 있는 영원한 과거의 상태이기 때문이다. 다시 말해서 무의식은 시간을 묻는 일 없이 활동하고 있다는 것이다. 결국 전영주의 시에서 시제의 무화는 기억의 부정이나 무의식 속에 잠재된 심리적 외상과 관계가 있다고 말할 수 있는 것이다. 원형 동사의 방법론적 사용은 저 심리적 외상이라는 사건의 발생 자체를 무화시키거나 화석화한다. 그렇기에 저 사건들은 언제나 꿈이나 환상의 꼴로 의식의 부면으로 떠오를 수밖에 없다. 꿈이나 환상 속에서의 모든 사건은 "옛날에 ~ 있었다"는 과거시제의 형태를 취하긴 하지만, 이 과거시제 자체는 현재의 기억 속에 제 자리를 얻지 못하고 미래와의 관련성도 상실한 채 그 나름으로 영원히 완성된 시간의 꼴을 취하기 때문에, 그 자체 시간의 무효화를 주장하는 것이다.

시간의 부재라는 원형의 형태로 드러나는 꿈과 환상의 무의식적 이미지들은 무엇보다도 의식하는 자아로서의 주체라는 합리주의적 세계관을 부정한다. 의식적인 사고 속에서 자아는 스스로 제약을 가하여 합리적인 진술의 한계를 넘지 못하게 하는 반면, 무의식과 꿈의 현상은 이러한 합리적인 진술의 한계를 무너뜨리기 때문이다. 융은 이 '합리주의'라는 말을 "빛을 발하는 상징이나 관념에 의해 반응하는 인간의 능력을 파괴하여 버린 것"이라고 정의한 바 있다. 전영주의 시들에서 이러한 합리주의적 세계관의 부정은 흔히 가부장제, 자본주의, 남성중심주의라는 근대의 틀을 해체하는 기능을 수행하는 것 같다. 《붉은 닭이 내려오다》에 실린 시들에서 가부장제와 자본주의라는 기존 질서에 대한 조소와 풍자의 이미지가 자주 등장하는 것은 이런 사태와 무관하지 않다. 그것들은, 라캉의 용어로는 소위 '아버지의 법'이라고 일컬어지는 상징계의 질서를 전복한다는 의미를 지닌다고 할 수 있다. 가령, 아래의 시들에서 보이는 "새파랗게 자지러지며 / 젖꼭지 물어뜯으며 울어 제키는 아버지"나 '켄터키 후라이드 치킨 하우스' 앞에서 미소짓고 있는 '하얀 할아버지'로 표상되는 '거꾸로 선' 가부장제와 위선적인 자본주의제에 대한 다음과 같은 조소와 경멸을 보라.

　　새파랗게 자지러지며

젖꼭지 물어뜯으며 울어 제키는 아버지
아우 — 내 아버지
조금만 더
조금만 더 작아지세요.
— 〈고양이 발바닥엔 마우스가 붙어있다〉 부분

붉은닭이 왜 길을 건넜는가.
길 건너편에
켄터키 후라이드 치킨 하우스
문 앞에 미소짓고 서 있는
점잖고 우아하고 돈도 많이 있어 뵈는
하얀 할아버지 때문에.
아버지의 유령 때문에.
— 〈매혹〉 부분

4

전영주의 시들이 압도적으로 의지하고 있는 감각적 이미지들은 현란한 색채의 시각 이미지들이다. 게다가 이 시각 이미지들은 주로 푸름과 붉음이라는 보색관계의 색채들로 구성되어 있음도 주목할 만하다. 시집의 표제시이기도 한 〈붉은닭이 내려오다〉는 이러한 색채 이미지의 뛰어난 효과를 보여주는 장인의 손길을 느끼게 한다.

여자가 장미넝쿨 속으로 뛰어들다. 장미넝쿨 속에서
장미 꽃잎과 함께 짓이겨지다. 으깨어지다.
밤 2시에서 3시 사이
위층과 아래층 사이
입 틀어막은 비명이 고층아파트 한 동을 흔들다.
침묵의 묵계가 고이다. 고여 썩기 시작하는 핏물 위에
푸른 장미들 떠가다. 여자의 살갗 위에 푸른 장미
사방연속으로 피어나다.

           — 〈붉은닭이 내려오다〉 부분

 이 시에서 장미 넝쿨에 목 졸린 붉은닭의 이미지와 핏물 위의 푸른
장미 이미지는 동일한 이미지의 연쇄 속에 있다. 그리고, 장미 넝쿨 /
푸른 장미의 푸른 색채 이미지는 붉은닭 / 핏물이라는 붉은 색채 이미
지와 대조를 이룬다. 푸름의 이미지는 무엇보다도 타오르는 생명력의
상징일 터이다. 그에 반해 붉음의 색채 이미지는 전영주의 시에서 흔
히 불모와 파괴력의 상징으로 쓰이는 듯하나. 왜냐하면 이 시집에서
'붉음'의 이미지는 무엇보다도 '피'의 속성이 되기 때문이다. 그러나 전
영주의 시에서 피는 물과 불의 합성물이다. 다시 말해 피의 이미지를
통해서 물과 불은 대극에 있지 않다는 것이다. 이 시집에서 물은 언제
나 '끓는' 물이고, 불은 언제나 '타오르는' 불이다. 그것들은 모두 임계
에 도달한 어떤 에너지의 억제할 수 없는 분출과 파열이라는 점에서 동
일한 이미지 유형을 형성한다. 말하자면 끓는 물은 곧 타오르는 불이

며, 타오르는 불은 곧 끓는 물이라는 것이다. 이처럼 물과 불의 대립적 양극이 하나의 꼭지점으로 수렴하는 피의 이미지야말로 전영주의 그로테스크 미학이 지닌 양가성의 한 결절점이 된다고 말할 수 있다. 거기에서 창조와 파괴는, 죽음과 삶은 서로의 꼬리를 물게 된다.

시인은 〈붉은닭을 가두다〉라는 시에서 "버림을 받다. / 복사꽃 살구꽃이 피기 시작하다"라고 노래했다. 여기에서 '꽃'의 이미지는 '불꽃' 이미지의 변주이며, 그것은 다시 '타오르다'는 이미지를 연상하게 한다. 말하자면, 이 시의 구절에서 '불꽃이 타오른다'는 것은 곧 '버림을 받다'라는 사건과 분리될 수 없다는 것이다. 시인에게 있어서 타오르는 모든 것이 연상시키는 것은 이처럼 '버림받다'라는 사태와 필연적으로 연관된다. 타오른다는 것은, 끓는다는 것은 버려짐의 상처와 이별의 고통을 환기시킨다는 것이다. 시집에 자주 등장하는 고독과 하혈과 불임의 이미지는 이러한 이별의 상처와 고통에서 그리 먼 거리에 있지 않다. 그것은 타자와 조우하지 못한 자아의 고독, 생산과 창조를 불가능케 하는 불임의 에로스를 만들어낸다. 전영주의 시들에서 피는 주로 '하혈'이나 '생리혈'과 연관되는데, 따라서 그것은 주로 부정적인 뉘앙스를 띠는 이미지가 된다. 왜냐하면 이 피의 이미지들은 대상을 만나지 못한, 따라서 잉태하지 못한 불모의 상징이자 또한 낙태의 이미지와 관련이 있기 때문이다. 비교 문화인류학자 프레이저(J. G. Frazer)는 《황금 가지》에서 월경과 해산한 여자에 대한 금기(*Taboo*)를 말하고 있다. 그는 피에 관한 인류의 타부가 동물의 생명이나 영혼 혹은 정령이 피 속에 있거나 피 그 자체라는 통속적 믿음에서 비롯되었을 것이라고 말하면서, 이 피로 더럽혀진 자에 대한 금기를 다음과 같이 기술하고 있다.

> 원시사회에서 신적인 왕, 촌장, 사제 등에 의해서 지켜진 의례적 목욕 재계의 규칙은 살인자, 상중에 있는 자, 산욕 중의 여자, 월경을 맞이한 처녀, 사냥꾼과 어부 등에 의해서 지켜진 규칙과 많은 점에서 일치하고 있다. 우리 눈에는, 그러한 인물들이 그 성격과 상태가 전연 다른 것처럼 보인다. 우리는 신성하다 하고 어떤 자는 오예(汚穢) 혹은 부정이 끼었다고 말한다. 그러나 원시인은 그러한 계층에 우리처럼 윤리적 차별을 두고 있는 것이 아니다. 신성과 오예의 관념은 원시인의 마음으로는 아직 구분되고 있지 않은 것이다. 그들에게 있어 그러한 인물에 공통된 특징은, 그들이 다른 대상에 위험을 미치게 하며 또 위험한 상태에 있다는 사실인 것이지, 그들을 둘러싼 위험과 그들이 타인에게 주는 위험은 영적 혹은 망령적이라고 할 수 있는 성질의 것이며, 따라서 상상적인 것이다. 그러나 위험이라고 하는 것은 그것이 상상적이었기 때문에 더욱 현실적이었다고 볼 수 있는 것이다. 상상력이 사람에게 끼치는 영향은 인력이 사람에게 주는 영향과 마찬가지로 현실적이며, 청산(青酸)과 마찬가지로 확실하게 사람을 죽일 수 있는 것이다.
> — 프레이저, 《황금 가지》

전영주의 시들에 자주 등장하는 자궁, 배꼽 등 에로티즘과 관련된 이미지들의 잦은 출현 역시 이러한 사태와 무관하지 않다. 인류학자 조셉 캠벨(J. Campbell)의 말을 빌리자면, 자궁이나 "배꼽은 연속적인 창조의 상징, 모든 사물 안에서 약동하는 소생의 연속적인 기적이 일어나게 하는 세계 보존의 신비"가 된다. 그런 의미에서 하혈이나 생리혈의 이미지는 파괴와 불모와 죽음이라는 부정적 이미지가 됨으로써, 이러한 '세계 보존의 신비'에 대한 모독으로, 좀더 정확히 말하자면 가부장제와 자본주의적 질서에 대한 모멸로 작용하게 된다. 결국 전영주의 시들은 '금기'와 '위반'이라는 에로티즘의 양극을 지주대로 삼아 기존의 경화된 의식과 질서에 흠집을 내고 그것들을 전복하고자 하는 것이다.

5

전영주의 시들은, 이를테면 합리화된 세계의 무섭도록 섬뜩한 실상에 대한 진지한 성찰과 이 세계를 향해 '똥침 먹이기'라는 유쾌한 놀이를 통해 기존의 질서를 조롱하고 비판한다. 이 풍자와 비판을 위해 시인이 전략적으로 택한 방법론이 그로테스크의 미학이라고 할 수 있다. 그리고, 이러한 그로테스크의 미학이 지닌 근본적인 특징은 양립할 수 없는 것들의 해결되지 않은 충돌, 양면성이 공존하는 비정상이라고 할 수 있다. 이러한 것의 표면적 현상은 부조화, 희극적인 것과 끔찍스러운 것, 왜곡과 과장, 비정상성, 강렬한 육체적 이미지, 긴장과 풀릴 길 없는 뒤얽힘, 장난기와 유희 등이다. 여기에서 우리는 이 모든 현상들이 전영주의 시들에서 뒤섞여 등장하고 있음을 확인할 수 있다. 그 중에서도 특히 강렬한 육체적 이미지와 유희성이라는 측면은 전영주의 시들을 특징짓는 가장 분명한 특징이 된다. 사실상, 강렬한 육체적 이미지란, 그로테스크란 말이 원래 시각 예술에 적용되었다는 사실을 상기할 때 당연하다고 할 수 있다. 그로테스크가 언어 예술로까지 확대된 것은 오래 전의 일이지만, 그 말은 늘 순수하게 언어적인 것보다는 시각적인 것에 더 적절한 것으로 인정되어 왔던 터이다. 그로테스크에는 추상적인 것이 전혀 없다. 음악 중에서 그로테스크한 작품은 찾아볼 수 없으며 아주 평범한 의미에서라면 몰라도 그 용어가 음악에 적용되는 것이 타당할 것 같지도 않다. 그러나 모든 예술 형태 중에서 가능한 한 가장 시각적이라고 할 수 있는 영화 속에는 그로테스크의 예가 수 없이 많다(가령, 페데리코 펠리니[F. Fellini]의 〈사티리콘〉[Satyricon]을 떠올릴 수 있다).

> 천수관음의 손은
> 구백 구십 구 개
>
> 모자라는 한 개의 손에
> 나는 매달린다.
>
> 수음하는 한 개의 손이
> 관음하는 천수관음의 눈알을
> 후벼내고 있다.

아으으―
척추를 깨며 돋아 나오는
일만 개의 자비로운 손가락이여.

　　　　　　　　　　　　　　　― 〈붉은닭을 완성하다〉 전문

　그로테스크는 그것이 지닌 특징적인 효과, 즉 그것이 야기시키는 돌연한 충격 때문에 종종 공격 무기로 사용된다. 그것은 풍자적이고 조소에 찬 해학적 문맥 속에서나 순전한 악담 속에서 빈번하게 발견된다. 그것의 충격 효과는 평소 익숙한 세계관과는 전혀 다른 과격한 관점을 들이대어 독자로 하여금 당황케 하고 어리둥절하게 하는 데 있다. 그로테스크의 이러한 효과는 '소외'라는 말로 가장 잘 요약될 수 있다. 낯익고 든든했던 어떤 것이 갑자기 이상하고 혼란스러워진다. 이러한 것은 대개 그로테스크의 근본적인 대립, 즉 그것의 특징이랄 수 있는 상반된 요소들의 뒤얽힘과 관련이 있다. 이러한 방법의 가장 간단한 예로 수술대 위에 재봉틀과 우산을 함께 올려놓은 로트레아몽(Lautréamont)의 경우를 떠올릴 수 있다. 이 같은 그로테스크의 기능이 문제시되는 것은 그것이 유발하는 웃음은 자유롭지 않다는 점, 기쁨을 맛보는 순간 끔찍하고 역겨운 어떤 것이 슬며시 파고 들어온다는 점, 즉 신나는 웃음이 쓴웃음으로 바뀐다는 사실에 있다. 또한 반대로 끔찍스러움을 느끼는 순간 그것이 유발하는 희극적인 어떤 것이 파고 들어온다고 말할 수도 있다. 이것은 그로테스크가 존재의 끔찍스럽고 역겨운 면을 표면으로 끌어내어 거기에 희극적인 관점을 도입함으로써

132

해로움을 덜게 한다는 뜻일 수 있다.

　그로테스크의 미학이 지닌 많은 뛰어난 장점에도 불구하고, 이 미학은 그 표면으로 드러난 공포성과 배면에 숨어있는 유희성이 충분한 긴장 관계를 유지하지 못할 때에는 어떤 느슨한 공백을 만들어낸다. 가령, "귀구멍에서 파낸 목구멍으로 쥐구멍을 삼키다"(〈팬티형 종이기저귀〉) 같은 구절처럼 유희성이 지나칠 때 시적 긴장은 떨어지게 되며, 또한 "내게 만약 배꼽이 없다면? / 죽고 싶도록 슬퍼질 것 같다. 진짜."(〈배꼽〉) 같은 구절에서 보이듯 시인의 의도가 문맥 속에 곧바로 돌출될 때에도 감동의 진폭은 감소하게 된다. 비극적 표면과 희극적 내면 사이에서 벌어지는 저 긴장과 갈등이 어느 한쪽으로 지나치게 기울면, 그로테스크의 미학은 자신이 지닌 풍자적이고도 비판적인 시선의 힘을 잃게 되며 그러한 긴장의 상실은 역으로 위악과 도발의 상상력이 지니는 불온성을 약화시키게 된다. 위악과 도발이라는 이 불온한 전복적 상상력이 구축해내는 그로테스크 미학이 바로 전영주 시의 산실이자 본령이나.

전영주

1955년 서울 생. 1988년 《심상》 신인
상으로 등단하였으며 시집으로 《물 속
의 물방울》(1992)이 있다.

나남포에지 · 003

붉은 닭이 내려오다

2001년 10월 25일 발행
2001년 10월 25일 1쇄

저　자 : **전　　영　　주**
발행자 : **趙　　相　　浩**

발행처 : ㈜ **나남출판**

１３７-０７０　서울 서초구 서초동 1364-39 지훈빌딩 501호
전화 : (02) 3473-8535 (代),　FAX : (02) 3473-1711
등록 : 제 1-71호 (79.5.12)
http://www.nanamcom.co.kr
post@nanamcom.co.kr

* 이 책은 문예진흥원의 문학창작기금을 지원받았습니다.　값 **6,000** 원
ISBN 89-300-1501-4